U0057237

聽不見與看不見的存在

林立婕

目錄

床

你胖了
你瘦了
你一直沒胖
你一直沒瘦
你說著同樣的夢話
你說著不同的夢話

你找到另一個人躺在我身上
又回到自己一個人
你輾轉難眠在我身上翻來覆去
坐在我身上看著自己的裸體

你皺了
你駝了
捏捏鬆垮的肚皮和腿肉
想起一首英國童謠

London Bridge is falling down ,
Falling down, Falling down.

London Bridge is falling down ,
My fair lady.

你上了床想要去流浪
卻困在現實中

你愈來愈胖
你愈來愈瘦
漸漸的
你不再說夢話

你是鬼
壓在我的身上

鐘

秒針殺人

以無聲蝕腐柔軟的心志

聽不見

與看不見的存在

枕頭

你的頭髮
你的皮屑
你的鼾聲

默默承載夢的重量
不說話不唱安眠曲
在耳際，陪伴你的呼吸

夢裡你多麼誠實多麼醜陋
脱光皮肉諸相
岸邊潮浪拍打空曠的蒼涼覆沒飢寒的過往

你的眼淚
你的囈語
你的小鬼

聽不見

與看不見的存在

刮鬍刀

不能被看到密密麻麻的心事
包括懸浮的綺想
粗獷的觸感能勾起什麼但不能留下破綻
最好是果敢，穩重，精悍

聽不見

與看不見的存在

不銹鋼保溫杯

硬漢柔情

以最堅毅的沉默

擁抱

即將散逸的

溫度

聽不見

與看不見的存在

旗袍

蛇滑行在沙漠上
必會留下痕跡
蛇信伸進空氣中的凹陷

你已經站在我的面前
風拂過河邊的草葉
我閉上眼，摀住耳
雲雀卻飛來停駐肩上

沙漠裡最美的是蜃樓
人們莫不愛上蜃樓

聽不見

與看不見的存在

發燒

溫度計已經壞一年了，水銀停在四十度

那是
我愛你的溫度

淺藍

靜謐分泌些
祕密被什麼尋覓

織未來成一條線
如履薄冰
微顫地
一步一步走進
你的廣場

群鳥穿越空曠
陽光遍灑
遠方或許有鐘聲
噴泉湧出明亮

我吻了
嫩豔的翠葉

有脈絡
是你的血管

網

風的網

光的網

踟躕的網

蜘蛛的網

尋覓著祕密

蝴蝶吻了香

一季

瀏亮的黑色駿馬不要停止
草原如此遼敻
花香如此野放
絲髮布散
春日已長出溫暖的溼疹

鏡子裡

腳蘚
腿毛
靜脈曲張
橘皮

下垂
三層肉
晒斑
白內障

黑心
爆肝
阿茲海默
失禁

牙牙學語，不再自己
身無分文，船過無痕

愈不舒服愈扶疏

每幕眉目，束縛舒服
附身復生，扶疏服輸

晝夜奏樂，骨碌呼嚕
密封蜜蜂，蜘蛛踟躕

愉悅逾越，呵欠荷錢
陰風迎逢，諸如侏儒

貓咪茂密，禁止浸漬
幣值壁紙，不是剝蝕

聽不見
與看不見的存在

七月半買肉

買絞肉

豬沒有眼淚，也沒有怨氣

只是臨死前的一點點恐懼

也一併帶進充滿細菌的絞肉機裡

聽不見

與看不見的存在

七月半買魚

殘存生命的肉鯽
掀動眷戀海洋的尾鰭

「我的故鄉！我的戀人！」
異地多麼殘忍，他們微笑揮舞剁刀
討價還價品評我的肉質多麼鮮美
這就是世界啊！
我開始想念起我的父母
雖然我不知道我的父母究竟是誰

聽不見

與看不見的存在

七月半煎魚

被煎得破碎淋漓
肉黏皮，皮黏鍋，鍋黏肉

魚說：「難道不能好好的讓我死去嗎？」
「不能愛我的大體嗎？」
「不能為我的大體化妝嗎？」

魚不知他在上岸後就已死去
尾鰭和內臟早已在攤販的桌上被剁去掏出
所有曾經的美麗的魚水之歡
都被人吞入肚裡

聽不見

與看不見的存在

應允

下雨了，一直下雨，滴滴答答是地的回話
雨落在地面的片刻
地說：
「儘量打在我的身上吧，
我不怕死，不怕痛，如果你一直難過，
我就愛你的難過，你不哭了，
芽就會冒出來，
那是我對你的愛。」

天把雲撥開，灑下陽光

笑了

聽不見

與看不見的存在

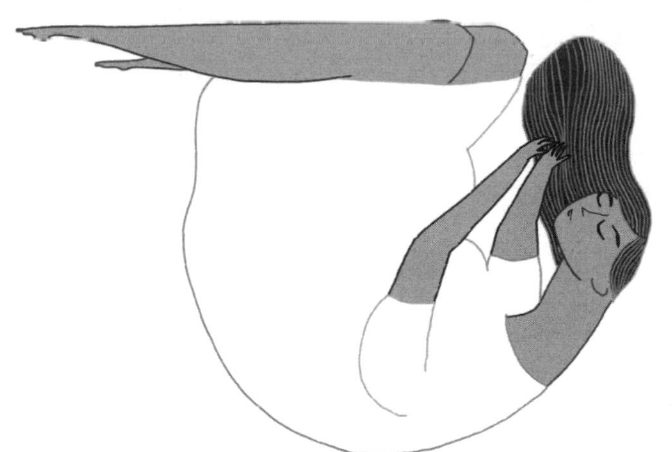

聽不見與看不見的存在

森林裡你赤腳踩在苔蘚密布的石階
泥土上有枯葉
落下，沒有跫音的足印
深深吸附，像螞蝗專注的寄生
微生物微生物滲透進入你
充滿靈
泠泠盈耳

充滿靈
但不指引你寬恕你影響你
只有你自己改變你自己
脫下姓名
比螞蝗更卑微一點承認某種寄生
滲透進入微生物微生物

空氣中的氛圍和分子都有宿主的呼喚
踏在我的身上吧
我的血脈我的乳房我的幽穴

能讓你愛
也能讓你不得愛

不要叫我母
為什麼我是母

如湯沃雪

爸爸，你為什麼住在那女人的身體裡呢？
綆短汲深是一種嚮往嗎？
迷樓吸引你嗎？
爸爸
從那個莫諱如深的女人身上
你才能隔著玻璃撫摸自己
曾經年少的影像在鐘樓裡升升降降

你和媽媽是因為愛還是恐懼而生下我？
我與生俱來的善變、怯懦、貪婪、心猿意馬
是專屬於我的精華嗎？

慢，多麼稀薄
稀薄翳入未來
衰老的氣味從腔腸溢出
我親愛的爸爸
你擁有祖產、家世的碗、祖母的手邊錢
強悍地在鏡裡的領土插進旗幟
宣示深入那個溫柔女人的瞳仁

辛苦了，爸爸
乘風破浪的搖晃中
一直看守鑰匙很辛苦吧

每段航行的返程
媽媽仍不備熱水
依舊拖鞋敲蟑螂
爸爸啊！舵就在您的手中，舵就在我的身上

那個耽溺善感的女人
摘下了眼鏡
放下了頭髮
脫下襯衫、裙，和貼身衣物
她是我的媽媽
穿上了勤勞嘮叨便成為你的妻

看著連續劇

絮絮祕語，花開遍地
斑斕與乒乓，同時綻放在耳際
大部分時間都認真的女人的瞳仁搖晃著爸爸

就是那搖晃
多麼存在
存在，
流進了靜脈

聽不見

與看不見的存在

吸吮

錨定之後，發現自己不愛這個港口。

媽媽啊！

媽媽啊！

妳為什麼那麼早死去……

聽不見

與看不見的存在

穿越

當媽媽還懷著你的時候經常穿越於夢中。
並未複雜到夢中的夢中的夢中。
那碎片。是媽媽試圖要教你的。
教堂十字架上的光影。
豆腐乳的氣味。
風的輕重。
掉在捷運車箱裡的隨身碟。
薰衣草的壓花也不知被遺忘在哪本書的夾頁

那些書。
媽媽已經送人。
你未來也找不著媽媽曾經哭泣的證據了。
媽媽不會再哭泣。
那些哭。只是墮下的淚。
走路。冥想。唱歌。洗澡。閱讀的時候。
媽媽都會對你說話

媽媽終於變成媽媽。
懷孕著。夢中的夢中的夢中。

媽媽只是你的過客。因為你。
而穿越媽媽自己

如果。媽媽懷的是自己

愛

媽媽送給女家教老師
許多全新或穿用兩次的衣鞋、皮包
和化妝品

對她說：
「希望未來我兒子的老婆是像妳一樣的女人。」

聽不見

與看不見的存在

每逢□□倍□□，遍插□□少□□

在你的額上畫一個○
在你的額上畫一個×
在你的額上畫一個十字架

湖上竹筏的一切
都已經準備好了
我們要去野餐

便當、哨子、保溫瓶
繩索、剪刀、安眠藥
紙尿褲、長釘、大榔頭

老伴你不要離開我
老伴你還是會離開我
兒子陪著他的兒子
女兒陪著她的女兒

老伴，今天吃葷
我們就要出遊了

湖上的大霧
像層層繃緊的紗布

在你的額上畫一個○
在你的額上畫一個×
在你的額上畫一個十字架
老伴，我愛你
你要我看的東野圭吾的《湖邊凶殺案》
我已經閱畢
不好意思老花讀很久啊

接下來
我們就要在彼此的
心上
玩井字遊戲

○○ ××
×× ○○
反正時間很多

卻彷彿又不夠
在十字架與十字架的堆疊間
老伴，你愛我嗎？
唉！我問的是什麼傻話

兒女不知道我們在哪裡吧？
井字遊戲不是他們很小很小的時候愛玩的遊戲嗎？

老伴
我們為什麼不牽手
我們為什麼不說出口

星星亮了
天色暗了
手機沒電了

注：2010 年 12 月底臺灣發生一起殺妻案，一位 84 歲凶嫌王老先生因不忍妻子久病纏身，以螺絲起子釘進妻子額頭，欲其安樂死，臺北地院審理後，認為老翁犯案後自首，一審判 9 年有期徒刑，老翁一心求死，問法官為何非處以死刑。2011 年 12 月，老翁於看守所中病逝。

林美雪後來就沒有再回來了

在一個雨勢不大不小
淅淅瀝瀝的夜晚
貓趁著
母親拉下鐵門的時候
一溜煙
轉身離開了

牠是不是想離家很久了
我不知道
下雨的深夜十一點
又濕又冷
我在母親餵牠晚餐後約莫二十分鐘發現

牠，不見了

因為我想抱抱牠
（我只能抱抱牠嗎？）

牠

不見了

貓走失的第一個的夜晚
並不像貓走失的夜晚
好像，牠只是追逐毛線球
到遠一點的地方玩耍而已
線頭還在我手上
找了繞了兩小時
下雨的夜晚
貓都躲起來了
只有狗還在濕潮潮的店家門口打鼾

貓咪你在車子的引擎下嗎？
你在公寓樓梯的角落裡嗎？
還是在頂樓水塔底躲雨？
一隻走失的金吉拉最後會在哪裡呢？

意外的當下都不像意外
回到日常中

某些濕淋淋的不可回復滴答著水聲
不可抗力

在一個雨勢不大不小，淅淅瀝瀝的夜晚
貓趁著可以不說再見的時候
不說再見

牠沒有帶走毛線球

聽不見

與看不見的存在

難

白色老貓的乳腺瘤一顆一顆的長
像串珠，但不晶瑩剔透
割除六顆又長四顆
就像人類的癌一樣
獸醫說
疾病是萬物不可避免

肉瘤長到夠大的時候就破了
血與水混稠
瘤發膿腫痛
生命雖然睡在椅角旁
但血跡預告了黃昏
氣味漬印揭示了殘忍

白色老貓睡眠中疼痛
牠甚至做不了夢
睡了又醒，醒了又睡

我看著牠，牠看著我

「你還沒有像我一樣老」
「你還沒有像我一樣痛」

白色老貓將自己蜷成一個胎兒蜷成一個 O
牠睡在夢鄉外
生命睡在黑夜旁
「黑夜明明是我要清醒探險的時刻啊！」

白色老貓舔舐自己的傷口
還有什麼味道是鹹的呢
白色老貓瞇瞇眼
腫瘤上的化膿傷口像一朵小花

大阿爾克納

是哪個孕懷著力量與月亮的皇后
呼喚潮汐
與每夜每夜每對每對
不能節制的
戀人
在命運之輪的神祕賭注裡
窺見
早已存在但未被實踐的預言

愚人的白日夢開啟了新旅程
教皇的儀式也可能是你的心的儀式
審判意味新生
世界上的糟粕與精華
必得細數
是療癒亦是彌補

親臨大地與汪洋的偉岸國王
馭駕戰車貫徹規則
擁有與失去緊緊相依

日日夜夜
天亮以前
死神對弈太陽

下一著棋未必是正義
天黑以後
惡魔存在
下一著棋未必是星星

未來已鵠候我們許久
光明與混沌被魔法師搓揉
塔裡的吊人等待最佳的機會
想親近敵人時就要遠離他
想遠離敵人時就要親近他
每個人最大的敵人就是自己

女祭司對隱士說
當我們想要行動的時候
就是我們該等待的時候

飛揚馭駕著戰車的皇后
來到那片擁有大地汪洋的屬地
天亮以前
天黑以後
下一著棋也許是星星
也許是正義
也許是愛情

注：塔羅牌中的 major arcanas 是塔羅的核心，major arcanas 的二十二張牌中，各自象徵人類經驗中某個普遍的面向，是引導行為模式的原型，是人性中的一部分。

女祭司

下著大雨的夜晚
公貓聞見空氣中的荷爾蒙
空氣中還有人聲的氣味，路燈的孤獨
莫名草葉的垂萎
這一切，終有停止的一天
也有重新開啟的一天

大雨滴瀝了整個四月，April showers bring May flowers.
心中的花不一定會開，含苞待放的時刻也不一定最美
萌發的初始，盛綻的過度
花並非要我們明瞭美，他教我們融入循環
但我們始終不願靜下心來理解春天

超越顯而易見的表象
認識喧囂的寂寥，光鮮的荒涼
探尋那隱匿而晦澀的
抽離

在等待與順任的時光中
得見祕密靜默的呼吸聲

安定，謐靜，記憶起某件潛藏的重要事物
女祭司在海洋之上月光之下應和雨夜滂沱
在磅礴中靜默，在朦朧中遼闊

死神

你可愛的女朋友披著粉紅色斗篷
請求你給一個甜蜜的親吻
你閉上眼睛嘟起嘴唇「啵」的一聲
發現
怎麼會有毛茸茸的觸感
驚嚇中睜開雙眼發現毛茸茸的人形蜘蛛
拿著鐮刀說：
「啊！又到了收割的季節。」
一手抓放鋼絲網線圍困你

「解咒的密語是什麼？」
你努力思索
「不管妳變成什麼樣子，我會海枯石爛的愛妳？」
「如果我媽和妳同時溺水，我一定會搶先救妳？」
盡佈血絲的滿月被黑雲遮覆
瀰漫繚繞的紫煙被弔詭警示

「是的，我不愛妳，
我從妳的眼神愛我自己。」

你終於說話了

只有在死的岸邊才能看見生
只有在醜陋的迷宮裡才能審視對耽美的執拗

人形蜘蛛給了你一個毛茸茸的親吻
你變成了毒疣蟾蜍
這樣的時刻伴隨著極度悲傷與不情願
但無法避免的過程使你專注於真正重要的事情上
靈魂的延續藉由多端形體不斷遞嬗

「我想要重新變成一個誠實的人。」
毒疣蟾蜍許下心願

人形蜘蛛帶走了你眼神中的她
拎著粉紅色的斗篷和鐮刀離開

「很好，我也不愛你，

我只是從你的嘴唇愛我自己。」

你可愛的女朋友說

「啊！又到了收割的季節。」

聽不見

與看不見的存在

惡魔

他撒下了一粒糖，一塊羊肉
你就跟著他走了
他送給你一瓶香水，一句讚美
你就放在心裡
你重覆他的話，嫉妒躁亂
他就給你更多冠冕的安慰

你沒有力氣憤怒
你沒有能量反抗
你輕浮害怕，在乎別人目光
不敢說出心中真正的話
承擔讓你成為眾矢之的

很好
惡魔要的不過是你徹底實踐人性中的懦弱耽溺
你做到了，而且表現優秀

他為你加薪，給你好運氣
讓你擁有高尚、優渥與眾人的簇擁

你食髓知味，食自己的髓和他人的淚
逆襲的絕望懷疑讓你更依賴麻木

說吧，承認你只是受到表象誘惑
說你愛糖，愛肉，愛香水，愛讚美
而且發誓
至死不渝

「我說，而且發誓多麼簡單！」

變動星座之歌

I

藍黃黃

綠橙橙

紅橙黃綠藍藍藍

藍黃黃黃

綠橙橙橙

紅黃藍藍黃黃黃

橙橙橙橙橙黃綠

黃黃黃黃黃綠藍

藍黃黃

綠橙橙

紅黃藍藍紅

II

愛哀哀

懼怒怒

喜怒哀懼愛愛愛

愛哀哀哀

懼怒怒怒

喜哀愛愛哀哀哀

怒怒怒怒怒哀懼

哀哀哀哀哀懼愛

愛哀哀

懼怒怒

喜哀愛愛喜

III

惡欲惡欲無惡欲

惡欲惡欲太惡欲

嗜肉的食人花不用商量

食人花在夜裡開放。以魅惑的鉤餌
鈞嗜肉者的胃。蛇、貓、駝、驢、馬、虎的肉
皆可商量。嗜肉的食人花濡濡分泌消化的汁液就像
某一種變形的香。道德淪喪者的迷魂香是嗜肉的
食人花不必商量。牠只要吃不用想
反而是大家都在商量如何讓食人花更愛獸的生肉
牠一定要活
餵牠瘦肉精加裸體屍體和纏綿悱惻的徒勞都可以
讓牠更美讓牠更醜讓牠在白晝開花
附生於我們的耳朵，椿釘在我們的瞳孔

你難道還不知道你自己就是一朵食人花嗎

聽不見

與看不見的存在

用最少的時間賺最多的獎金

一朵花開到謝
一場雨落到停
一盞茶燙到涼
大白貓的一聲喵到另一聲喵的縫隙間

凝煉了香氣、濕度、溫感與聲音
存下每夜每夜的呼吸聲
最少的時間用一生醞釀
最多的獎金在一夕拋擲
用最少的時間賺最多的獎金
蟄伏尋證如果有某個美好的假想
在人生的裂谷裡

陽光灑落了下來

瑪麗送你血

眾人湧進廣場
有眼睛的眾人和沒有眼睛的眾人
有嘴巴的眾人和沒有嘴巴的眾人
他們都說話
遠處傳來麵包、驢子、嬰兒和命運抽搐的哭聲
瑪麗步近斷頭台
寒風吹走尊嚴向未來
唯鳶尾花香氛和保加利亞玫瑰純露
理解她的優雅和教養

前不久
她愛製鎖的老公才設計了一款有效率的新型鍘刀
結果鍘死了他自己
命運在某年某月某日某地熱烈的愛自己的主人並精準失控

「對不起啊！剛剛不小心踩了你的腳！」
瑪麗對劊子手說

聽不見

與看不見的存在

恐怖平衡

你的眼睛似磷火
閃爍在夢境沒有你的惡夜
沒有手，你
沒有腳，我
黯黑流竄

密語是鑰匙
門卻被鬼扛走
留下沒有問題的答案
鬼要我吞下磷火
你的眼神就在我胸腔裡狠狠發亮

鬼還要我吞下你的世界裡的你
才能雌雄同體擁有雙腳
逃
到你的世界

豺狼之夜不見月
鑰匙就是你的眼神

門還在夢裡

天已經亮了

茹毛飲血

要不要喝我的血
我的血已經不多了
用頭顱盛吧
髓末
灑點髮花

我的眼睛還在看你喔
趕快吞下我的血骨
肉團，魂胎。你相信哪一個呢

不要拌勻靈魂的味
有時稠些，有時輕些
好好咀嚼我指膚的韌性

吞下去，都吞下去
我就變成你，你就變成我

谷與鼓

穀與蠱

愛臺灣

見小貓說人話，見老闆說鬼話
見顧客說謊話，見戀人說自己也不懂的話

睡覺說夢話
見鬼說髒話
見美國人說臺灣話
見中國人說臺灣話
見外星人說臺灣話

聽不見

與看不見的存在

羞羞臉書

你很想讓別人看見你吧
又怕別人看穿真正的你
你追蹤著別人
也希望別人追蹤你
反正大家都這樣
為什麼不這樣呢

我把正在想什麼都告訴了 FB
直播、相片、打卡都交給 FB
氣候影響的心情，偶然遇到的名人
你看到了席慕蓉幫我簽名的那本詩集嗎
我還跟羅智成合照喔
已經快要蒐集到和 100 個名人合照的目標
天啊真幸運，9598
感謝大家關心，失戀的痛徹心扉已經隨風而逝
摯友寶可夢又寄給我一則反反反反反廢死的社團邀請

晚餐的菜色，內褲的卡通造型
打扮的那麼可愛

一定要 PO 美照啊
雖然大家看著照片都認不出我
那有什麼關係

像隔壁阿嬤都 70 歲了
但是大家都說她是美魔女
和孫子去逛百貨公司，遇到櫃姐開玩笑
這麼流行喔，小姐也談姊弟戀
「這是遺傳！」阿嬤說
孫女碩士畢業了看起來也像小學生
她的孫女有 100 個讚，阿嬤有 1000 個讚
遇到仙女怎能不按讚

哎喲
不要說我很厲害很可愛啦！
我會害羞羞啦！炫耀文又如何
即時分享喜怒哀樂的點點滴滴
就是小確幸

對了！記得星期六串聯遊行參加街頭抗議
姊妹們也要穿著美美的喔！下雨天就哭哭了
聚會後再一起喝下午茶點蜜糖吐司聊是非
啾咪 881 愛你唷！

不對的人坐在你面前

對面牆上的掛鐘壞了
這個時間應該是貓咪肚子餓的時間
為什麼昨天不將曬衣架上晾著的衣服收起
明天一定要去繳快到期的電話費

為什麼坐在這個人的面前
已經吃完餐後甜點了
突然想飾演流氓一角
「幹以後不要再讓老子看到你」

來點優雅的

來，親愛的，我敬你一杯
切片大腸包小腸夾薄蒜
啊　今天的天空好破產的希臘
伴侶舉起高腳杯
成熟葡萄的靈魂即將滑進我們的口腔
就在這中共與日本漁船滿滿包圍釣魚台的朦朧煙雨裡
就在這北韓駭客癱瘓南韓電子網路的迷濛春季
來吧，親愛的，跳支圓舞曲吧
就在此刻此刻僅只此刻
我可以被你屬於
2013 年的 3 月底
充滿謀財害命逆倫離婚政商貪腐的每日新聞裡
就在此刻此刻僅只此刻
來，親愛的，我敬你一杯

聽不見

與看不見的存在

週末夜捷運葩

羊呢裏冷屍

鴨舌帽黥面

刺香氛的青

喇舌蔻丹病

虹膜滯留鋒

床上冷沙洲

品味肌腱炎

愚昧滋滋甜

模範生不貴

複製全免費

換另一種方式說

當季最流行的元素裹住我的膚色無血色是蕭瑟是吝嗇
羊呢和你的眼神都溫暖
溫暖的還有鴨舌帽，低低壓住習慣不能真實的我
被虛無黥面，被狂歡紋身
紋身不需理由，無止盡浮誇蹁躚便是
香水裡有摩斯密碼，以吻刺青
刺青並不狂野，那是宣誓，正式的儀式是深喉嚨
蔻丹輕嘆

輕嘆天上人間，公主病王子病不是病
以病病，是不病，自卑向美麗借屍
借屍不，還囂張，瞳孔裡有滯留的鋒芒
已經已經
已經佈好攻防
這密閉的穿越就是戰場，勝過率真的直腸

因為害怕被輕視所以先
滾來滾去
滾到寂寞的沙洲去

沙洲颯颯，有駱駝有蜃樓，以品品，是不品
愚昧滋滋甜，模範生發炎，複製全免費
（施華洛世奇升級豪華版，仿）

免費的味道香濃可口穠纖合度
我們的承諾隨物價波動
堅持買一送一

注：這首作品原構想是為解釋改寫上一首〈週末夜捷運葩〉。

貴公子夜闌曲

聚攏散逸，散逸聚攏
裊裊如縷是前世今生

沉水香漫出夜的黑，一層一層
又一層，人性的曖昧
迷幻的軀體，生香的活色
烏鴉啄著將盡的夜的吝嗇
一啄一啼，燭影幢幢

風在哪裡，風流在哪裡
烏鴉啼

啊！貴公子的夜闌曲
深夜的貴公子好冷，好淡，好漠然
那是矜持的闌珊，熱情的兩難

一折一曲一迴一迂的池塘
風在這裡，風流在這裡
夜芙蓉一波波顫晃

貴公子腰圍上的玉，白得
如此透澈，如此精明

沉水香匍匐在老鴉的翅膀上
橫陳著死亡

傾斜啊傾斜
寧靜非常香

注：唐　李賀〈貴公子夜闌曲〉
　　裊裊沉水煙，烏啼夜闌景。
　　曲沼芙蓉波，腰圍白玉冷。

少女

臉紅了，但還是要說
雖然不希望這一天到來，但這一天終究到來

紅色是什麼樣的聲音呢
適切的包覆血骨，脂肉，心跳
一定要讓你知道
我的香，若其他地方
再也聞不到

緋紅紗衣，灑滿花香
若沒有不能遏抑的害羞
若不是你
青絲大可散放，耳環亦可摘下
但散放的烏黑太恣肆，就能
留住什麼嗎？

荷風帶來水邊的香草芬芳縈迴在你身周
高高的髻，秀髮如雲
閃閃的明月珠飾，在耳際晃盪
嗯？
我聽不清楚你說的話

初夏微涼，
怎麼感覺還像春天
北方是什麼模樣，北方的冬天不是比較漫長
難道
這裡不能是你的北方
荷風又一陣陣拂來，感傷

嚐嚐為你準備的心意
拿起筷子吧
鯉魚的尾巴，猩猩的嘴脣
知道你喜歡的味道，夾起剔透的諾言
留下來，好嗎？

別再望向那條即將踏上的遠行之路
綠水邊斜映楊柳
親愛的，你流汗了嗎

大堤邊不曾出現千帆，偶爾晃漾小舟
你看水邊的菖蒲那麼茂美，
色香勻豔，花莖馥郁
明天會是什麼模樣？
丹楓濃烈不如我身上披裹的紅紗

老，是明天的事
筷子還在唇齒間

注：唐 李賀〈大堤曲〉

妾家住橫塘，紅紗滿桂香。青雲教綰頭上髻，
明月與作耳邊璫。蓮風起，江畔春。
大堤上，留北人。郎食鯉魚尾，妾食猩猩脣。
莫指襄陽道，綠浦歸帆少。
今日菖蒲花，明朝楓樹老。

迷樓

夜晚的圖書館充滿亡魂和精靈
冷氣的疙瘩聲
鍵盤的滴答聲
薄薄的屍體味卻是意志與思維的濃霧

每個人
只能選擇一條路

聽不見

與看不見的存在

一行

夜的桃核在晝的嘴巴長出鬱鬱的離騷

聽不見

與看不見的存在

幸福

你是櫻桃我是竹
你是山茶我是湖
你是流蘇我是霧

你一糊塗我孕吐
我吃豬排你是豬

聽不見

與看不見的存在

鱗片

雲層好厚
你的頭已經禿了

眼角流下血與淚
分不清是日還是月

夢裡，你游向我
而我卻是不存在的岸

颱風來了
浪潮捲起兇猛

夜與夜摩擦
枝枒敲打窗戶

窸窸窣窣，窸窸窣窣
風好大

飯熟了
番茄蛋也炒好了

你卻死在颱風眼裡
好寧靜

我織了一些冥冥之中給你
來世，還是要找我

做愛
知道嗎？

邂逅

心中有一只氣球
紅的
粉的
藍的
黃的
透明的

飛向你飛向你
然後，突然間
破掉

破掉的透明氣球裡
飛出一隻白鴿
一隻蝴蝶
一隻豬
一雙筷子

世界莫不幻象

我是一只氣球
飛向你飛向你
你是一只氣球

早上十點

安靜
坐了下來

窗外的荷花正盛開

你的心
想起洪荒種種

有的垂萎
有的葳蕤

混沌是無聲

夜對我最好

夜是懂得人性的靈獸
有棕馬的柔和大眼
豹的鼻
百合的舌

牠圍覆我教我聆聽
總能無壓的吞吐指揉
使我願意赤坦
掏出壞心腸
剔出惡心眼
淋漉明白
留下騷動
看清楚肉底下包裹的氣味

再搓成鮮餡
餵給明天

裸

褪下語言，脫下衣物
你就是一株枯木

施點肥，澆點肉湯
長一點餡，長一點餅，長一點果實吧！

我不會吃你，只是要看你
能不能擠出一點油膩，本質的滑潤

你是枯木，你是枯木
太陽底下，嶙峋多像礦物的結晶

聽不見

與看不見的存在

約定

閉上眼睛，你就是我的關雎
離開蒹葭，伐柯伐柯

每棵樹的精魂都來到今世
尋找
屬於自己的

那把斧頭

國家圖書館出版品預行編目 (CIP) 資料

聽不見與看不見的存在 / 林立婕著 . --
初版 . -- 新北市 : 斑馬線 , 2017.02
108 面 ;14.8X21 公分
ISBN 978-986-93908-4-2（平裝）

851.486　　105024047

作　　者｜林立婕
編　　輯｜林立婕
封面及內文編排｜吳欣瑋 torisa1001@gmail.com

發 行 人｜洪錫麟
社　　長｜張仰賢
製　　作｜角立有限公司
出 版 者｜斑馬線文庫有限公司
法律顧問｜林仟雯律師

總 經 銷｜楨德圖書事業有限公司
地　　址｜新北市新店區寶興路 45 巷 6 弄 7 號 5 樓
電　　話｜02-8919-3369
傳　　真｜02-8914-5524

製版印刷｜龍虎電腦排版股份有限公司
初版一刷｜2017 年 2 月
I S B N｜978-986-93908-4-2
定　　價｜250 元